D0938509

Le Casse-Noisette

Emma Helbrough

Illustrations d'Anna Luraschi

Texte français de France Gladu

Éditions
SCHOLASTIC

Table des matières

Un casse-noisette est un instrument de bois ou de métal dont on se sert pour casser la coquille des noix ou des noisettes. À l'époque où le conte original a été écrit, les noix étaient une gâterie particulière à Noël. Certains casse-noisettes avaient même la forme de poupées.

Chapitre 1

La veille de Noël

Un duvet de neige cotonneux enveloppe la maison de Clara en cette veille de Noël.

À l'intérieur, la fête bat son plein, mais il manque encore un invité très spécial. Clara l'attend impatiemment, postée à la fenêtre.

Soudain, quelqu'un frappe vigoureusement à la porte.

— Le voilà! s'écrie-t-elle en virevoltant jusqu'à l'entrée.

Et elle s'empresse d'ouvrir la porte.

C'est le parrain de Clara. Elle lui saute au cou.

— Quel chaleureux accueil par une soirée aussi glaciale! dit-il avec un petit rire.

Clara adore recevoir la visite de son parrain. Sa présence apporte toujours quelque chose de magique.

— J'ai un cadeau bien spécial pour toi, cette année, dit-il à Clara en déposant un paquet sous le sapin.

Chapitre 2

Le mystérieux cadeau

Cette nuit-là, Clara n'arrive pas à dormir. Elle ne pense qu'à une seule chose : ce cadeau spécial.
« Et si j'allais y jeter un tout petit coup d'œil », se dit-elle.

Clara descend sur la pointe des pieds. Elle ne tarde pas à trouver le cadeau, orné d'une belle boucle rouge. Sur le ruban, un message est attaché.

« Je me demande ce que parrain a voulu dire », pense Clara.

Lentement, elle dénoue le ruban
et soulève un coin du papier…
Elle découvre une poupée. En fait,
c'est un casse-noisette vêtu à la
manière d'un soldat.

Au même moment, minuit sonne à l'horloge. Clara laisse échapper un énorme bâillement. Quelques instants plus tard, la voilà endormie au pied du sapin.

Chapitre 3

La magie s'en mêle

Clara se réveille en sursaut, complètement désorientée. Elle n'arrive pas à se rappeler où elle se trouve et sa poupée a disparu.

Elle regarde autour d'elle
et constate qu'elle se trouve
sous le sapin de Noël…
qui semble grossir
à vue d'œil.

Mais l'arbre ne grossit pas; c'est
Clara qui rapetisse. Bientôt, elle est
aussi petite qu'une souris.

Du coin de l'œil, Clara croit voir sauter quelque chose. Effrayée, elle va se cacher derrière un cadeau...

... et entend un froissement dans son dos. Elle se retourne brusquement.

— N'aie pas peur, Clara. Je ne te ferai aucun mal, la rassure une voix amicale.
Clara reste muette d'étonnement.

Sa poupée est vivante!
— Je suis le prince Casse-Noisette, dit le soldat en la saluant. Je suis venu te protéger. Les souris de la cuisine complotent de te kidnapper.

D'un coup de sifflet strident, le prince donne le signal. La boîte à jouets s'ouvre aussitôt et une longue colonne de soldats de bois en sort, marchant au pas.

Parfaitement alignés, les soldats saluent le prince.
— Attention! leur crie-t-il. Clara a besoin de notre aide. Préparez-vous au combat!

Des souris sortent alors de l'ombre. Lentement, elles s'approchent. Clara se cache derrière le prince.

— Du calme, soldats, du calme, ordonne-t-il. Attendez mon signal... et FEU!

Des canons projettent d'énormes morceaux de fromage. Plusieurs souris tombent. Certains morceaux ratent leur cible et vite, d'autres souris s'en emparent.

— Excellent travail, soldats! hurle le prince lorsque disparaît la dernière souris. Mais la bataille n'est pas encore gagnée.

— Bravo! lance alors une voix méchante dans l'obscurité.

Une souris portant une couronne et un bandeau sur l'œil s'avance.

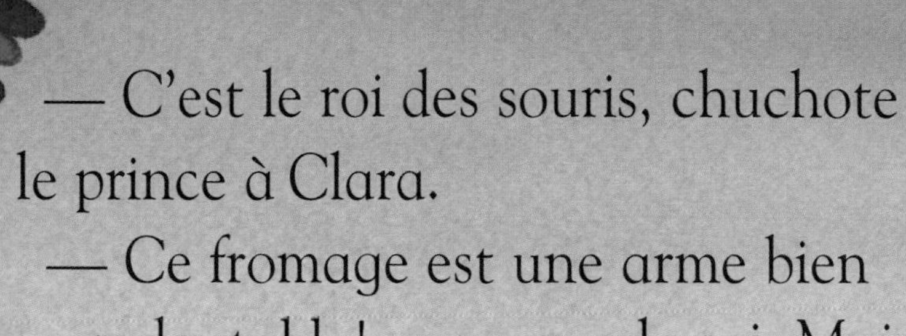

— C'est le roi des souris, chuchote le prince à Clara.

— Ce fromage est une arme bien redoutable! se moque le roi. Mais il en faudra davantage pour me vaincre. Donnez-moi la fille, à présent.

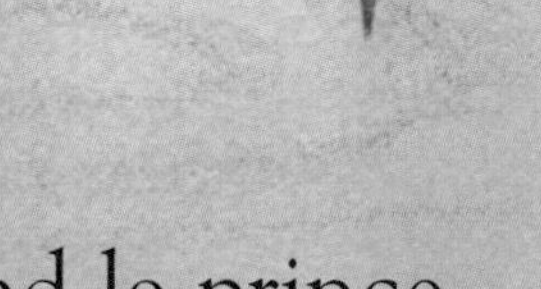

— Plutôt mourir! répond le prince.

— Bonne idée, ricane le roi des souris.

Le prince et le roi des souris engagent le combat. Les lames de leurs épées s'entrechoquent dans une danse inquiétante.

Puis, c'est la catastrophe! Le prince bute contre un morceau de fromage et tombe sur le dos. Sautant sur l'occasion, le roi des souris pose la pointe de son épée sur le cou du prince.

— Quel plaisir! dit-il en riant.

Au moment où le roi des souris prend son élan, Clara retire sa pantoufle et la lui lance à la tête de toutes ses forces. Il s'effondre, complètement assommé.

Chapitre 4

Au son des grelots

Clara se précipite vers le prince.
— Est-ce que ça va? s'écrie-t-elle.
— Oui, merci, répond-il.
Clara l'aide à se relever.
— Il faut célébrer cette victoire, ajoute-t-il. Je connais un endroit.

Le prince conduit Clara jusqu'à un traîneau doré derrière le sapin de Noël et l'aide à monter dedans.

— Allons-y, mes amis! lance le prince à ses quatre rennes.

Les rennes démarrent et le traîneau s'élève dans l'air. L'attelage s'envole par une fenêtre ouverte et file dans la nuit.

Au bout d'un moment, ils
atteignent une forêt couverte
de neige glacée et scintillante.
— Nous arrivons au premier arrêt,
annonce le prince. Tiens-toi bien,
nous descendons!
La neige crisse sous les sabots des
rennes à l'atterrissage.

Une dame magnifique, vêtue d'un manteau blanc éclatant, paraît alors entre les arbres.

— Clara, je te présente ma bonne amie, la reine des glaces, dit le prince.

La reine les conduit à son palais de glace qui brille sous la lune.

À l'intérieur, des lustres en glaçons pendent aux plafonds.
— Vous arrivez juste à temps pour les ballets, dit la reine alors qu'ils pénètrent dans une grande salle de bal.

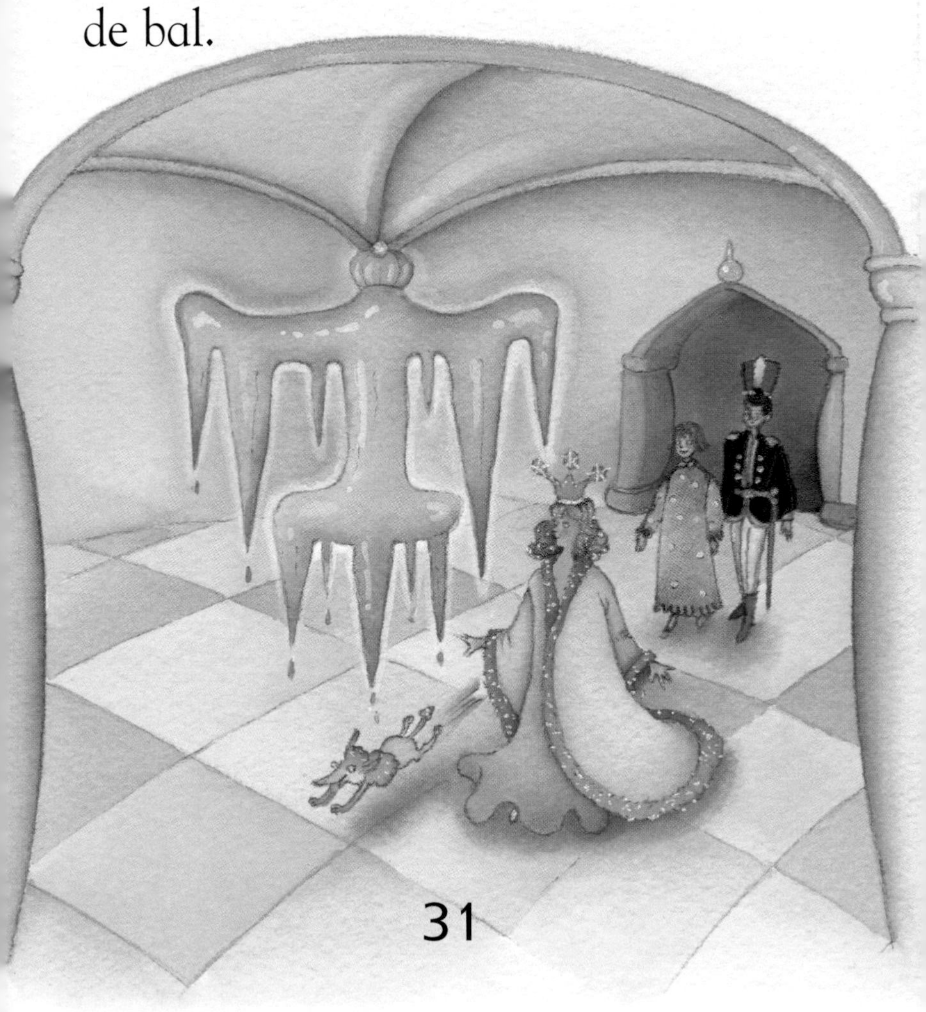

Un piano se fait entendre et huit ballerines vêtues de blanc et de paillettes d'argent tournoient jusqu'au centre de la salle.

Elles scintillent comme des flocons en exécutant leurs pirouettes.

La musique s'arrête, et Clara chuchote à l'oreille du prince :
— Jamais je n'oublierai cela!

Elle joue à la balle avec le caniche du palais, puis c'est déjà le moment de partir.

— Est-ce qu'il faut vraiment s'en aller? soupire Clara.
— Mais oui, dit le prince. Je veux te présenter quelqu'un d'autre et nous n'avons pas beaucoup de temps.

Chapitre 5

Le Royaume des bonbons

Dès leur arrivée à l'arrêt suivant, Clara est éblouie. Les arbres regorgent de bourgeons en guimauve, et des fleurs en sucre multicolores poussent partout en abondance.

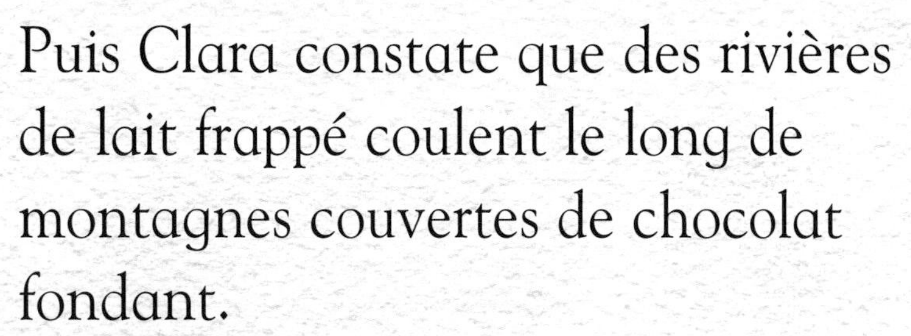
Puis Clara constate que des rivières de lait frappé coulent le long de montagnes couvertes de chocolat fondant.

— Où sommes-nous? demande-t-elle, stupéfaite.

— Au Royaume des bonbons! répond le prince.

Devant eux se dresse un énorme château en pâte d'amandes décoré de friandises en tous genres.

Le prince aide Clara à sortir du traîneau, puis la pose sur les marches du palais. Alors des trompettes retentissent et, au sommet de l'escalier, les portes s'ouvrent. Une fée s'avance, tout habillée de rose.

— Clara, je te présente la fée Dragée, dit le prince. Elle dirige le Royaume des bonbons.
— J'espère que tu aimes les sucreries, dit la fée Dragée en souriant.

Elle les conduit dans une grande salle où des gâteaux au chocolat, des biscuits et des bonbons de toutes les couleurs remplissent les tables.

— Regarde ces drôles de poufs, chuchote le prince lorsque Clara s'assoit. Ils sont faits de mousse aux framboises!

Clara s'empresse de faire honneur à ce festin.

La musique s'élève et des danseurs de tous les pays présentent leur numéro à Clara.

Vient d'abord la danse du chocolat. Un couple de danseurs espagnols tournoie en jouant des castagnettes.

Suit la danse exotique du café. Une magnifique princesse arabe oscille au son d'une musique douce et apaisante.

Le troisième groupe de danseurs est venu de Chine pour présenter à tous la danse du thé.

Bien d'autres danses se succèdent. Chacune célèbre un aliment ou une boisson.

Mais la danse finale est très différente. Un groupe de ballerines-fleurs exécute une valse lente pour Clara.

Leurs bras se déplient avec la grâce des pétales lorsqu'elles s'unissent pour former différents bouquets.

— L'heure est venue de rentrer maintenant, dit le prince avec tristesse.
Clara soupire, puis prend place dans le traîneau et salue de la main la fée Dragée.

— Merci pour cette soirée formidable, prince Casse-Noisette, dit Clara en bâillant.
Elle est si fatiguée qu'elle s'endort, la tête sur l'épaule du prince.

Lorsqu'elle s'éveille, Clara est de retour sous le sapin de Noël et le prince a disparu.

Seule sa poupée se trouve à ses côtés.

— Oh, ce n'était qu'un rêve! s'écrie-t-elle. Mais tout semblait si réel!

Clara aperçoit alors l'étiquette que son parrain avait attachée à son cadeau. Sur l'étiquette, on peut lire :

« J'espère que cela te protégera. »
« Je me demande si parrain savait que le prince Casse-Noisette aurait à me protéger, songe Clara. Ce n'était peut-être pas un rêve… »

C'est en 1816 qu'un auteur-compositeur allemand du nom de E.T.A. Hoffman a écrit *Casse-Noisette*. L'écrivain français Alexandre Dumas, à qui l'on doit entre autres *Les Trois Mousquetaires*, a adapté ensuite le récit. En 1892, un compositeur russe appelé Tchaïkovsky a transformé la version de Dumas en un ballet que l'on présente aujourd'hui partout dans le monde.

Conception graphique :
Russell Punter et Natacha Goransky

Catalogage avant publication de Bibliothèque et Archives Canada
Helbrough, Emma
Le casse-noisette / renarré par Emma Helbrough ;
illustré par Anna Luraschi ;
texte français de France Gladu.
(Petit poisson deviendra grand)
Traduction de: The nutcracker.
Niveau d'intérêt selon l'âge: Pour les 7-9 ans.
ISBN 978-0-545-98216-0
I. Gladu, France, 1957- II. Luraschi, Anna III. Titre.
IV. Collection: Petit poisson deviendra grand (Toronto, Ont.)
PZ23.H4375 Ca 2009 j823'.92 C2009-901866-7

Édition publiée par les Éditions Scholastic,
604, rue King Ouest, Toronto (Ontario) M5V 1E1,
avec la permission d'Usborne Publishing Ltd.
5 4 3 2 1 Imprimé à Singapour 09 10 11 12 13